나는
오늘의
내가 좋아

긍정토끼 몰랑이의
몰랑몰랑 마음일기

나는
오늘의
내가 좋아

윤혜지 지음

북로망스

우리 한번 외쳐보자.

"나는 오늘의 내가 좋아!"

" 내 이름은 몰랑 "

찹쌀떡처럼 동글동글한 토끼.
멍한 표정과 오동통한 몸매가 매력 포인트예요.
여유롭고 엉뚱한 무한긍정파 성격으로
표정 변화가 거의 없고 멍하게 있는 경우가 많아
시크해 보이지만 마음은 누구보다 따뜻해요.

#찹쌀떡토끼 #무한긍정 #사랑스러움 #이것도몰랑 #저것도몰랑

" 내 이름은 피우피우 "

노랗고 보송보송한 병아리.
감성적이고 예민한 꼼꼼쟁이예요.
계획에 따라 움직이는 것을 좋아하며,
나서는 건 싫어해도 관심받는 건 즐겨요.
엉뚱 토끼 몰랑이의 둘도 없는 친구예요.

#2인자 #시크 #귀여움담당 #ISFJ #난꼭짱이될거야

1장

몰랑이는
몰랑몰랑해

좋아하는 일을
하고 있어?

새로운 경험에 늘 흥미가 끊이지 않고, 즐거운 순간들이 차곡차곡 쌓이다 보면 어느 날 알게 될 때가 있어. '아, 나는 내가 좋아하는 일을 하고 있구나' 하고.

누군가 멋있다고 말해주거나, 대단하다고 우러러보지 않는 사소하고 작은 것이라도 좋아. 남의 기준이 아니라 나의 기준에서 행복한 일을 할 때 그 행복은 더 단단해질 거야.

아직 찾지 못했다 해도 괜찮아. 어느 누구도 단번에 깨닫지는 못했을 거야. 사람이란 참 간사해서, 제일 좋아하는 일을 만났다 하더라도 금세 싫증이 나기도 하잖아. 그럼 다시 또 새로운 길을 즐겁게 찾아가면 돼.

변하는 것도
괜찮아

우리 주변은 늘 바뀌고 변하는데 나도 좀 달라지면 어때. 변하는 게 꼭 나쁘다고 할 수는 없지. 조금 더 열린 마음으로 너그럽게 받아들이자.

매일 새로운 생각들과 경험들이 넘쳐나는데 어떻게 늘 한결같을 수 있겠어. 새로운 나도 꽤 멋있는 것 같아. 그리고 앞으로 이어질 또 다른 나도 재밌을 것 같아.

인생은 작은 습관으로
바뀌기 시작해

인생은 꼭 큰 각오로 바뀌는 게 아니야. 작은 습관으로도 충분해.

가지 않았던 길을 산책해보기, 기억에 남는 날에 일기 쓰기, 5분 일찍

일어나기…. 이런 작은 습관들이 '할 수 있다'는 용기를 만들어주고 더

큰 일들을 하기 위한 버팀목이 되어줄 거야.

그러다 보면 어쩌다 마주친 우연으로 새로운 기회를 만나게 될지도

모르지. 작은 것부터 시작하자. 작은 습관부터 가져보는 거야.

익숙한
보통날

그림 같은 휴양지나 화려한 도시처럼 비일상적인 곳에서 느끼는 행복도 있지만, 결국 평범한 일상으로 돌아오는 아쉬움이 없다면 그만큼 그 행복이 특별하게 느껴지지 않을 거야. 추억은 평범한 날과 특별한 날, 불행한 날과 행복한 날, 슬픈 날과 기쁜 날들이 모두 모여야만 만들어지니까.

매일매일이 특별하면 결국 모든 순간이 평범해질지도 몰라. 행복한 날로 이어지는 평범한 오늘도 차곡차곡 즐기기로 해.

남의 기준보다 나의 기준에 행복한 일을 할 때

그 행복은 더 단단해질 거야.

어떻게든
지나가겠지

아픔은 시간이 지나면서 다양한 형태로 흔적을 남기기도 하고, 아무렇지 않은 것처럼 무뎌지기도 해. 오래 전에 받은 상처가 지금까지 똑같은 크기로 괴로울 수도 없고, 지금 눈앞에 놓인 고민이 십 년이 지나서도 같은 무게로 다가오지는 않을 거야.

그러니 마음을 조금 내려놓고 걱정거리를 느슨하게 놓아주기로 하자. 너무 오랫동안 아파하고 슬퍼하지 않아도 돼. 스치는 바람처럼 금세 지나가버릴 테니까.

더 멋진
나를 기대해

지금까지 잘 버텨왔고 잘 걸어왔어. 정말 많은 사건과 이야기들이 얽히고 풀어지기를 반복했지만 지금의 나는 제법 괜찮아 보여. 예상하지 못한 고난들이 많았지만 기특하게도 나는 해냈어.

또다시 내가 몰랐던 미래들이 기다리고 있겠지만, 불안과 걱정에 막혀 주저하기보다는 결국 지금까지 그래왔듯 잘 해낼 거야.

내일의 나는 또 어떤 내가 될까?

너무
애쓰지 마

조금 내려놓아도 돼.

편하게 흘려보내도 돼.

자유로움 속에서

진짜 행복을 찾을 수 있을 거야.

힘든 하루를
보내고

인생이 그런 거잖아.

그러니까 괜찮아.

설명하지 않아도,

표현하지 않아도,

나는 나니까.

실컷
쏟아내기

　다양한 감정이 공존하는 지금 이 순간을 충분히 즐겨. 슬프다면 펑펑 울어 보기도 하고, 짜증이 난다면 실컷 짜증도 부려! 꼭 행복한 감정으로만 꾹꾹 포장해서 억지로 긍정하지 않아도 괜찮아.

　느껴지는 기분 그대로 나를 보듬어주고 내 상태를 온전히 받아주자. 종종 탁 놓아버리고 쏟아내는 날이 필요해. 그렇게 시원하게 털어내고 훗날 돌아보면 그 기억들도 '행복했던 그 시절'이 되어 있을 거야.

재밌는
하루

딱 오늘만큼 내일도 재밌으면 좋겠다.

내일 재밌는 만큼 또 다른 내일도 재밌을 거야.

나에 대한
고민도 해주길

가끔 나도 모르게 다른 사람의 삶에 대해 한참 생각할 때가 있지. 남들은 어떻게 사는지, 무얼 먹는지, 어떤 일들을 하는지…. 그러다 보면 나를 잃고 남의 삶을 뒤따르는 내 모습을 발견하게 되기도 해.

나에 대한 고민도 잊지 말고 조금은 해주길 바라. 나를 위한 삶은 어떤 게 있을지 물어봐줘. 나를 잊어버리고 누군가의 삶을 따라가려고만 하고 있는 건 아닌지 되돌아봐.

나를 놓치지 말고 늘 바라봐주자.

활짝 웃고
하루를 시작해봐

거울을 보며 활짝 웃고 하루를 시작해봐.

어떤 시련이 오더라도, 걱정이 태산 같더라도, 스스로를 위한 그 미소로 하루를 버틸 수도 있을 거야. 내가 나를 사랑해주고 웃어주는 것만으로도 큰 힘이 될거야.

그럼 한번 웃어볼까? 하나, 둘, 셋, 스마일!

세상이 말하는 아름다움의 틀에
스스로를 가두고 살아가지 마.
너는 있는 그대로 완벽하고,
있는 그대로 아름다워.

나는
내가 좋아

　누군가 나를 무뚝뚝하다 생각해도, 속 깊은 내가 좋아. 별 감정이 없어 보여도, 세상 모든 감정을 진하게 느끼고 있다는 걸 스스로는 아니까.

　이런 내 태도에 난처하거나 무안해하지 말길 바라. 그저 나를 있는 그대로 받아줘. 확대해석하지 말고, 지레 짐작하지 말고 그저 나를 그대로 바라봐줘.

　이게 나야. 나는 이런 내가 좋아.

　설명하지 않아도, 표현하지 않아도, 나는 나니까.

수많은 나,
하나의 나

　때론 허풍이 섞인 나를 만나기도 하고, 속이 좁고 소심한 나를 만나기도 해. 초라해지는 내 모습에 속상해하기도 하고, 관계에 지쳐 사람들과 거리를 두며 불안해하는 내가 되기도 하지.

　모두에게 친절할 수 없고 모든 날에 행복할 수 없듯이 이런 모습도 괜찮다고 생각하면 좋겠어. 살아가다 보면 늘 새로운 나를 만나기 마련이니까. 스스로를 받아들이고 사랑해주면 나의 수많은 모습이 모여 하나의 내가 된다는 걸 깨닫게 될 거야. 그렇게 조금 더 자유로워질 거야.

　이렇게 생각하자. 나는 수많은 배역을 감당할 수 있는 멋진 배우라고 말이야. 영화라는 세상을 편안히 유영하는 대배우라고.

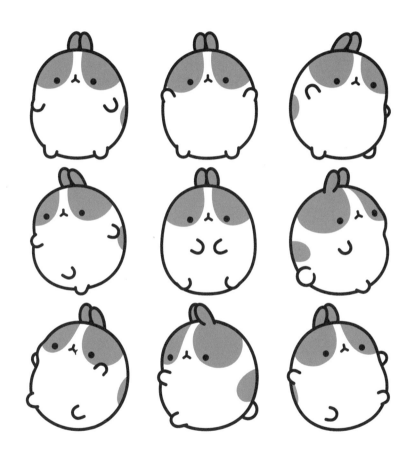

오직 나를
위한 밤

아무도 간섭하지 않고, 누구도 말을 걸지 않는 조용한 밤이 좋을 때가 있어.

혼자 사색에 잠기기도 하고 슬픈 영화를 보기도 하고 책을 읽기도 하며 나를 위해 시간을 쓰는 밤을 쓸쓸하다 생각하지 마. 이런 시간이 있어야만 다른 누군가를 위한 자리가 마련되기도 하니까.

지금 이 밤은 오직 나를 위한 시간이라 여기고 행복하게 만끽해봐.

가끔은 놓아도
되지 않을까

너무 많은 걸 붙잡고 있는 나를 발견하게 되는 날이 있어.

가끔은 놓아도 되지 않을까?

미련, 후회, 집착, 슬픔, 괴로움, 아픔 같은 것들은 말야.

나를 사랑하고 응원하며

최선을 다해 좋아하는 일, 하고 싶은 일을

하기로 하자.

나를
좋아해줘

나 자신을 좋아해주는 것만큼 행복한게 또 있을까?

나는 내가 좋아. 나는 내게 고마워. 나는 내가 자랑스러워.

이런 말들을 매일 스스로에게 해준다면 나는 정말 좋은 사람, 행복한 사람, 가치 있는 사람이 될 거야.

나를 가장 잘 알고 나를 사랑해줄 수 있는 가장 친한 친구는 바로 나라는 사실을 잊지 마.

내가 나를 사랑하는 만큼, 좋아하는 만큼 다른 사람들도 나를 그렇게 대해줄 거야.

나를 좋아해줘. 나를 사랑해줘!

기막히게
아름다운 너

세상에 단점 없는 사람이 있을까?

세상이 말하는 아름다움의 틀에 스스로를 가두고 살아가지 마.

너는 있는 그대로 완벽하고, 있는 그대로 아름다워.

너만의 매력이 차고 넘치는데,

세상이 제멋대로 정한 기준에 휘둘리지 마.

기막히게 아름다운 너야.

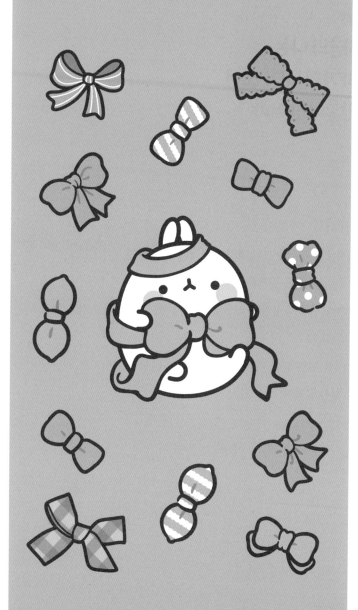

지금의 나는
과거의 내가 모여
만들어진 거야

미래의 내 모습이 궁금하다면 지금의 나를 돌아봐.

지금의 나는 과거의 내가 모여 만들어진 거야.

오늘과 내일, 앞으로의 하루하루가 모여 미래가 만들어질 테니, 나를 사랑하고 응원하며 최선을 다해 좋아하는 일, 하고 싶은 일을 하기로 하자.

내가 어떤 길을 가게 될지 기대되지 않아? 얼마나 더 대단한 사람이 될지 말이야!

나는 오늘의
내가 좋아

어떤 하루를 보냈든, 오늘의 내가 참 좋았다고 말할 수 있으면 좋겠어.

하루의 끝을 긍정과 희망의 기운으로 마무리한다면, 내일도 활기차고 유쾌하게 시작할 수 있을 거야.

그 하루들이 모여 좋은 인생이 될 거라 믿어 의심치 않아.

우리 한번 외쳐보자. 나는 오늘의 내가 좋아!

나를
대접해주기

나를 스스로 대접해주는 것,

내 인생을 응원해주는 것,

나의 선택을 믿어주는 것.   이런 마음들이 나를 일으켜줄 거야.

나는 오늘의 내가 좋아!

2장

몰랑이와
친구들의
통통 튀는 하루

너는 너,
나는 나

멀리서 보면 삶의 모양이 비슷해 보일지 몰라도 결국 조금씩은 달라. 누군가에게서 부러워했던 점을 내가 갖게 된다고 해도 결국 그 사람과 똑같아질 수는 없을 거야. 저마다 시선, 감정, 습관 등 모든 것들이 처음부터 달랐을 테니까.

우리 모두 각자 다양한 모양대로 살아가는 세상에 둘도 없는 존재들이야. 누군가가 나를 생각하는 모습 그대로 내가 될 수는 없고, 나는 나만이 만들어낼 수 있는 삶이 있어.

나는 나대로 멋지고, 너는 너대로 멋져. 누구도 서로를 대신할 수 없는 특별한 존재들이야.

기댈 수 있는
어깨

힘든 순간 기대고 싶은 누군가의 어깨가 떠오른다면,

그리고 누군가 나의 어깨를 떠올려준다면

정말 잘 살았다고 말할 수 있을 것 같아.

서로에게 기댈 수 있는 어깨가 되어줄 수 있다는 것,

그것만으로도 다시 나아갈 용기가 생겨.

이해와
오해

    다름은 틀린 것이 아니라고 하지만 다름을 이해하기는 쉽지 않아. 겉모습, 말투, 습관 그리고 사소한 행동까지 이 세상에 존재하는 사람들의 수만큼 다양한 개성이 함께 살고 있어.

    서로를 완벽하게 이해할 수는 없다는 걸 우린 알고 있지만 조금씩 생겨나는 오해들을 다 견딜 만큼 모두가 강하지는 않아.

    누구든 매일 그런 속상함을 견디며 살아가. 그렇지만 오해의 순간을 넘어서 서로를 진심으로 이해하게 된다면, 우리는 마침내 각자의 색깔대로 빛나며 살아갈 수 있을 거야.

사랑 주기,
사랑받기

더 잘해주지 못해 미안하고, 더 챙겨주지 못해 아쉬워하며 자책하는 너. 그런데 반대로 사랑을 받는 것에는 어색해하지 않아? 주는 사랑에만 익숙해서 내가 받는 사랑에는 자연스럽게 반응하기 어렵고 뚝딱거리게 될 때가 있지.

사랑받고 있다고 느낄 때 충분히 행복해하고 진심으로 고마움을 표현해보기로 하자. 그것만으로도 넉넉한 사랑이 잘 전달될 거야.

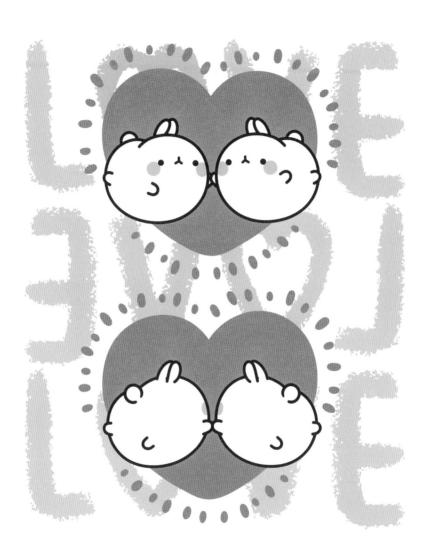

우리는

세상에 둘도 없는 존재들이야.

결국 시간이
많은 것을 해결해

켜켜이 쌓인 오해로 친했던 사이가 멀어지기도 하고, 나도 몰랐던 작은 실수로 관계가 틀어지기도 해. 하지만 너무 마음 쓰지 말자. 노력한다고 해도 괜찮아질 수 없는 관계도 있고, 멀어질 수밖에 없는 인연이었을 수도 있으니까.

시간이 지난 후에 돌이켜보면 오해는 풀어지고, 틀어진 관계는 다시 이어질 거야. 진실된 관계는 남고, 가벼운 관계는 알아서 정리가 되어 있을 거야. 당장 해결하려고 조급해하지 말자. 나를 믿고 아껴주는 관계들을 더 사랑하고 집중하자.

좋은 사람,
좋은 추억

가치관이나 삶의 방식은 살아가는 동안에 계속 바뀌지. 마찬가지로 예전의 인연이 지금의 인연이 아니게 될 때도 있어. 하지만 지난 추억을 되짚어볼 때만큼은 꼭 다시 그 순간의 나로 돌아간 듯 그 시절의 감성과 웃음이 새록새록 떠올라.

얼마나 많은 사람들을 오랫동안 알고 지냈는지보다, 기억할 만한 추억을 얼마나 쌓았는지가 우리의 인연을 더 단단히 묶어줘. 그리고 그 풍성한 경험들이 지금의 나를 만들어주지. '나중에'라며 미루지 말고 좋은 사람들과 그때그때 좋은 추억을 많이 만들어가자.

79

솔직하게
말하기

관계가 무너질까, 사이가 틀어질까 마음속에 담아둔 말을 하지 못하고 내내 삭이다가 지칠 때가 있어. 사랑을 받으려다 나를 잃어버리고 내가 사랑스러운 사람인지 잊어버리기도 하지.

싫을 때는 싫다고 솔직하게 말하고 힘들 때는 힘들다고 솔직하게 말하자. 타인의 시선을 배려하느라 자신을 내버려두지 마. 나를 깎아내리는 관계를 내려놓자. 그게 정답이야.

함께
행복하고 싶어

종종 나로 인해 누군가 즐거워할 때 더 큰 행복을 느끼기도 해.

혼자만의 만족보다 나눔으로 더 많은 기쁨을 만들 때, 간질간질하지

만 벅차오르는 그 기분.

진실된 관계는 남고,

가벼운 관계는 알아서 정리가 되어 있을 거야.

나를 믿고 아껴주는 관계들을

더 사랑하고 집중하자.

극복하기

    나 혼자서 무언가를 온전히 견디기 힘들 때, 슬픔을 함께해줄 고마운 존재들이 어딘가에서 언젠가는 꼭 나타나. 혼자서는 감당하기 어려운 아픔도 응원과 격려를 받으면 조금씩 무뎌지고, 깊은 굴 속에 숨어 있던 나를 다시 따뜻한 햇살로 나오게 해주지.

    우리가 이렇게 포기하지 않고 살아낼 수 있었던 건, 나도 모르게 스며들었던 수많은 관심과 공감 속에서 상처를 치유받았기 때문일 거야.

진짜 친구

　슬픔은 쉽게 위로해줄 수 있지만 기쁨을 있는 그대로 같이 기뻐해주는 건 생각보다 어려워.

　나의 기쁨을 온전히 함께 기뻐해주는 누군가가 있다면, 맞아. 그 사람이 진짜 내 사람이야.

안부

잘 지냈어?

목소리에 따라, 표정에 따라, 감정에 따라 달리 느껴지는 질문.

오늘의 나는 이 질문에 어떻게 답할까?

잘 지냈어.

잘 못 지냈어.

잘 지내려 노력하고 있어.

잘 지내야지.

….

내가 너에게 듣고 싶은 대답은,

미소 띤 목소리로 나를 보며 힘차게 해주는 한마디.

응, 그럼!

오늘은 내가
다 들어줄게

　그냥 오늘 하루를 털어놓고 싶은 날 있지? 속상하고 슬프고 쓸쓸한 그런 날.

　오늘 무슨 일이 있었고, 이래서 힘들었고, 누구땜에 아팠다고 마음속 이야기를 내뱉고 싶은 날.

　이리 와. 다 들어줄게. 쫑긋 귀를 세우고 귀 기울여 들어줄게.

　어떤 말이든, 무슨 말이든, 하고 싶은 이야기 전부 속 시원히 늘어놔도 돼.

싫을 때는 싫다고 솔직하게 말하고
힘들 때는 힘들다고 솔직하게 말하자.

친구에게

　　인디언의 옛 속담에 "친구란 내 슬픔을 등에 지고 가는 자"라는 말이 있어.

　　이 말을 듣고 내 친구를 떠올려봤어. 진심으로 위하고 아끼는 누군가를 위해 나의 등에 그 사람의 슬픔을 올릴 수 있을까 하고 말야. 기쁠 때도 네 곁에 있겠지만, 슬플 때 또한 너를 안아줄 친구가 되고 싶어.

기다릴 수 있는 사이

흔하게 주고받는 말이 있지. 밥 한번 먹자, 언제 한번 보자, 곧 연락할게….

물론 친근함과 인사의 표현으로 전해지겠지만, 행동도 함께 따라가는 사이가 되면 좋겠어.

'밥 언제 먹을까? 언제 시간 돼? 들어가면 연락할게'라고 말하며 서로 기대할 수 있는 사이 말야.

'다음 주 금요일에 밥 먹자. 12시에 시간 괜찮아. 들어가면 연락해줘'라고 말해줄게.

난 널 늘 기다리고 있어.

너는
내 전부

너를 생각하는 게 기쁨이야.

너를 바라보는 게 행복이야.

너를 기억하는 게 즐거움이야.

내 삶의 모든 것이

너를 생각하고 바라보고 기억하게 해.

너라는 사람이 없는 세상은 존재하지 않아.

너를 생각하고 바라보고 기억하는 게

내 인생이고 전부야.

관계에
얽매이지 않기

모든 사람이 나의 의도를 이해할 수는 없지.

좋은 마음으로 베풀어도 나쁘게 보여질 수 있고, 진심 어린 배려가 부담스럽게 여겨질 수도 있는 것처럼.

내 진심이 다르게 비춰질 수 있다는 걸 받아들이고, 상대의 마음 역시 내가 온전히 이해할 수 없다는 걸 기억한다면 관계에 대해 조금은 자유로워질 수 있을지도 몰라.

그냥 오늘 하루를 털어놓고 싶은 날 있지?

속상하고 슬프고 쓸쓸한 그런 날.

끊어낼 인연은
바로 끊어버리자

함께 있는 게 왠지 불편한 사람이 꼭 있지?

그 사람들을 상대하는 동안 마음을 쓰다 보면, 에너지는 에너지대로
고갈되고 부정적인 감정만 남게 되기도 해.

인연을 끊는다는 건, 뭔가를 잃는다기보다는 삶의 여유를 찾는 일이야.

끊을 때는 확실히 끊어버리고, 용기 있게 내 삶의 만족도를 높여봐.

가끔은
기대쉴 수 있는
누군가

자존감을 길러야 한다, 단단한 내면을 가져야 한다….

물론 맞는 말이긴 하지만, 늘 홀로 삶을 지탱하고 있다면 좀 외롭지 않을까?

가끔은 누군가에게 기댈 수 있는 허술함과 연약함이 필요해. 그렇게 서로를 지탱하며 더 큰 힘을 발휘하는 순간이 올 수도 있으니까.

가끔은 응석도 부리고 투정도 부리며 서로에게 힘이 되어주는 관계를 만드는 것도 중요해. 따뜻한 온기를 나누고 마음을 나누며 기댈 수 있는 누군가와 함께 인생을 걸어가는 것도 중요하니까.

지금 네 옆에는 그 누군가가 있어?

나무같은
사이

서로를 귀하게 여길 줄 알고, 마음을 소중히 생각하고, 단단한 신뢰가 있는 그런 사이가 있지.

오늘과 내일이 다르지 않은 한결같은 고목의 뿌리처럼, 든든하게 의지할 수 있는 사람이 누구에게나 필요해.

내가 너에게 그렇게 단단하고 든든한 사람이 되고 싶은데, 너도 그래줄 거지?

인연을 끊는다는 건,

뭔가를 잃는다기보다는

삶의 여유를 찾는 일이야.

3장

몰랑이의
말도 많고 털도 많은
바깥 생활

사회인이
된다는 것

끊임없는 만남들이 이어지는 세상에서 진짜 나를 보여주기는 쉽지 않아. 새롭게 마주하게 되는 작은 사회마다 어울리는 틀에 맞추어 우리는 늘 역할을 연기하고 있어. 내가 연기하는 나를 보고 내 전부를 다 아는 척한다고 해도, 그들은 나의 단면만 보았을 뿐이지.

틀에 맞추어진 나와 진짜 나는 달라. 만들어진 내 모습이 미움을 받더라도 진짜 나를 믿고 보듬어주는 사람들이 있다면 괜찮아. 새로 만든 틀에 맞추어진 내가 조금 실패했더라도, 원래의 나는 단단하게 잘 버티고 있어.

그런 사람이
되고 싶어

세상에는 말만 번지르르하게 하는 사람들이 너무 많아.

사랑도, 행복도, 기쁨도 모두 만들어낼 수 있을 것처럼 꾸며내지만 결국 말뿐인 사람들.

하지만 이런 사람들도 있지. 먼 미래의 행복을 약속하기 전에 오늘 꽃한 송이를 건네주는 사람, 자기만 아는 멋진 경험을 자랑하기보다 같이 가보자고 손을 건네는 사람, 아무도 모르게 슬그머니 우산을 기울여주는 사람…. 진정 따뜻한 마음은 말하기 전에 이미 행동으로 충분히 느껴져. 그리고 나도 그런 사람이 되고 싶어.

일단
일시정지

생각이 많아 머릿속이 어지럽거나 해결해야 할 숙제들이 너무 많을 땐, 잠깐 멈춰보자. 내 손이 닿는 모든 것들이 다 완벽할 수는 없어. 빈 틈이야 당연히 있을 수 있지. 지금 잠시 멈춘다고 세상이 끝나는 것도 아니야.

여유를 갖고 잠시 복잡한 것들을 털어낸 뒤에 멀리서 보면 의외의 해 답이 나타날지도 몰라. 긴장 속의 느긋함과 어지러움 속의 여유가 얽혀 있던 매듭을 풀어주는 열쇠가 되어줄 거야.

내가 가는 길이
가장 좋은 길

나만의 길을 걸어가고 있는 나를 스스로 응원하고 예뻐해주자. 지금 가고 있는 길은 오직 나만 갈 수 있는 길이야. 나를 잘 모르는 사람의 비난도, 다른 삶을 살고 있는 어떤 이의 참견도 내 길을 마음대로 바꾸지 못해. 누구도 대신 걸어주지 못해.

나는 잘하고 있어. 이 길의 끝에 내가 생각한 정답이 있을 거라고 믿어!

나만의 길을 걸어가고 있는 나를

스스로 응원하고 예뻐해주자.

지금 가고 있는 길은

오직 나만 갈 수 있는 길이야.

오늘 어떤
말을 했나요

말은 고작 한 마디에도 뱉은 사람의 마음과 됨됨이가 담기지. 그리고 꼭 어딘가에 닿아 따뜻한 기억으로 머무르기도 하고, 날카로운 가시가 되어 꽂히기도 해.

무심코 튀어나오는 그 말, 한 번 더 생각하고 소중히 건네줘. 오늘 만난 사람에게도, 나 스스로에게도.

우연의
숨은뜻

세상에 쉽게 얻어지는 건 하나도 없어. 아는 사람들은 다 안다는 '운이 좋아서'라는 겸손 뒤에 조용히 숨어 있는 노력이 중요해. 꾸준한 노력과 성실한 태도로 차곡차곡 쌓은 행운의 탑이 우연을 만나면, 우연은 우리를 저 높이 있던 꿈에게 데려다줄 거야.

우연의 숨은 뜻은, 우리가 할 수 있는 최선에 연연하지 않고 조금 더 노력하면 만날 수 있다는 것. 노력한 만큼 필연적으로 우연에 가까워질 거야.

사는게
그렇지

어느 순간 천둥이 치고

예고 없이 비가 내리고

거친 바람이 휘날려도

결국 맑은 날이 돌아와.

무너지지
말자

세상의 중심은 나야.

나 없이 세상은 존재하지 않아.

그러니 무너지지 말자!

감정에
먹히지 말자

묵묵히 잘 살아가다가도, 갑자기 마음속에서 감정이 소용돌이 치는 날이 있어. 침울한 감정은 주변으로 쉽게 전염되기도 하고 나를 끊임없이 끌어내리기도 하지.

잠시 머리를 차갑게 하고 한 걸음 떨어져서 스스로를 봐. 달콤한 아이스크림 한 입, 귀여운 동물 영상 한 편으로 쏟아지는 우울을 잠깐 차단하는 시간을 가져봐. 너그러운 마음으로 다시 일어날 수 있다고 스스로를 다독여주자. 나는 잘 이겨낼 거야.

지친 밤

따뜻하게 안아줄게.

포근하게 감싸줄게.

이리 와.

137

무심코 튀어나오는 그 말,

한 번 더 생각하고 소중히 건네줘.

오늘 만난 어떤 사람에게도,

나 스스로에게도.

마음

덩굴처럼 엉키고

뾰족뾰족 하다가도

결국 예쁘게 피어날 거야.

그대로
보여줘

이미 충분히 복잡한 세상, 너무 일일이 고민하지 않아도 돼.

이미 우리는 수많은 감정에 휘말려 살고 있으니까 말이야.

어렵게 생각하지 말자. 진심을 과하게 포장하면 오히려 거짓처럼 느껴질 수도 있어.

마음 가는 대로, 좋으면 좋다고, 싫으면 싫다고 그대로 보여주기로 하자. 진심은 반드시 통하기 마련이니까.

조금은 덤덤해질
필요도 있어

지나치게 예민한 날들의 연속이진 않은가 생각해봐.

지나갈 일들에 일일이 신경쓰기보다, 자연스럽게 흘려보낼 수 있으면 좋겠어.

사라지는 것에 대해 아쉬워하기보다, 잠시 머무르는 거라며 느긋해지면 좋겠어.

담담하고 다정하게, 흘러가는 것들을 바라보면 좋겠어.

변화하는 세상에 휘둘리지 않고 다른 사람들의 삶에 휩쓸리지 않으며 나만의 가치를 만들어갔으면 좋겠어. 조금은 덤덤하게 말야.

멍..

담담하고 다정하게,

흘러가는 것들을 바라보면 좋겠어.

아이러니

아픔은 가장 가까운 사이에 더 자주 느끼고,

상처는 곁에 있는 사람에게 더 많이 받고,

슬픔은 꼭 별거 아닌 일들에 툭 하고 터지는 것 같아.

도전

자, 한번 해봐.
다시 한번 일어나봐.

어차피 인생은 내 맘대로 되지 않고
삶은 내 뜻대로 흐르지 않는 걸.

오늘 실패한다고 인생이 실패하는 건 아니잖아.

시간은 아주 많아.
오늘 일어나는 일은 내일이면 잊을 수도 있어!

151

괜찮지
않은 날

그냥 입버릇처럼 괜찮다고 말하지 마. 괜찮지 않은 날에는 괜찮지 않다고 솔직하게 말해줘.

깜깜한 하루의 끝에 괜히 슬프고 공허한 순간이 온다는 걸 알아. 사막 한가운데에 서 있는 것처럼 막막한 기분이 들때가 있다는 것도 알고.

약한 모습을 보이는 날도 있어야지. 늘 괜찮은 날만 있을 수 없잖아. 펑펑 울기도 하고 하소연도 하고 화도 내봐.

괜찮지 않아도 괜찮아. 괜찮지 않은 날들이 있어 괜찮은 인생인 거야.

153

마음 편한 게
최고

남들과 비교하면서 나는 왜 이럴까 자책하게 된다면, 그 사람과 나는 다르다는 사실을 기억하고 나의 삶 자체에 만족하는 연습을 해봐.

뭐든지 마음 편한 게 최고야!

오늘 실패한다고
인생이 실패하는 건 아니잖아.

시간은 아주 많아.

하고 싶은 대로
마음 가는 대로

때로는 복잡한 생각들과 고민들은 잠시 접어두고 마음 가는 대로 움직여보는 건 어떨까? 시도해보지 않아서 후회하는 일들은 마음에 남잖아.

그냥 한번 해본 덕분에 얻는 게 훨씬 많을 거야. 실패는 성공의 밑바탕이 될 테니까.

아쉬운 후회보다 후련한 후회가 인생에서는 훨씬 큰 도움이 되어줄 거야.

인정의 말

누가 나를 인정해주면 왠지 뿌듯하고 스스로가 대견스러운 그 기분, 알지?

오늘 누군가에게 인정의 말을 한번 건네봐. 나와 다른 삶을 산다고, 훨씬 멋진 삶을 산다며 질투하고 좌절하기보다는, 멋지고 배울 점이 있다고 인정해주고, 지금의 나도 인정해준다면 함께 성장할 수 있을 거라고 믿어.

161

나의 결정을
믿어

우리는 살면서 너무 많은 결정들을 타인에게 맡기고 있는지도 몰라.

소중한 나의 인생이고 나만의 길인데, 왜 남의 조언과 충고에 휘둘리고 고민하는 걸까?

이제부터 스스로 결정하고 선택하기로 하자. 그래야 후회가 줄어들고 스스로의 결정을 존중할 수 있는 힘이 생겨.

만약 후회하게 되더라도 과거에 집착하지 말고, 나를 믿고 나의 결정을 응원해주자.

각자의
깊이

소심한 사람은 사실 생각이 깊은 사람인지도 몰라.

대범한 사람은 용기가 넘치는 사람일지도 모르지.

성급한 사람은 솔선수범하는 사람이고

느긋한 사람은 든든한 사람이 될 수도 있어.

우리 모두에게는 각자의 깊이가 있어.

누가 좋고 누가 나쁘다고 판단하기보다, 서로의 다름을 이해하고

속 깊은 곳을 살펴보기로 하자.

우리는 각자의 깊음 속에 어울려 살아가고 있으니까.

그냥 입버릇처럼 괜찮다고 말하지 마.

괜찮지 않아도 괜찮아.

4장

몰랑이가전하는
일상의 행복

불행이 있었기에
행복이 더 가치 있는 거야

성장통과 비극, 괴로웠던 순간들. 그리고 그 순간들을 이겨내고 얻은 행복. 그런 아픔과 좌절이 없었다면 행복이 이렇게 빛날 수 있었을까?

저마다의 상처와 실패의 크기는 다르겠지만 우리는 그 안에서도 사소한 행복과 위로를 찾아가며 또 다른 성장을 하고 있어.

행복보다 불행이 더 많이 찾아오는 것 같아도 어쩌다 찾아오는 행복은 그만큼 더 큰 기쁨으로 내 버팀목이 되어줄 거야. 매일 행복하기만 했다면 지금의 나만큼 성장할 수 없었을지도 몰라. 불행을 아는 만큼 한 뼘 더 어른이 될 거야.

아야

아야

뭐여

힝

171

행복의
이유

나는 행복해!

내일도 행복할 거니까.

행복한 결말을
상상해봐

자극적으로 쏟아져나오는 불행한 소식들, 부정적인 말만 내뱉는 사람들은 세상을 걱정투성이로 만들지. 하지만 우리에게는 좋은 이야기와 따뜻한 문장, 맛있는 음식, 멋진 풍경들이 있잖아. 아직 세상에는 친절하고 상냥한 사람들도 많아.

답답하고 화가 나는 현실에 대한 분노와 미움에 너무 빠져 있지 말고, 지금 이 순간을 살고 있는 내 마음을 돌보기로 해. 부정적인 기분과 걱정에 빠지는 것보다는 행복한 결말을 상상하는 긍정의 마음이 더 좋은 답을 가져와줄 거야.

175

진짜
행복

비교를 통해 행복을 찾고 만들어내는 건 생각보다 간단하고 쉬운 건 지도 몰라. 더 예쁜 옷, 더 맛있고 비싼 음식, 더 멋진 여행지…. 그런데 그렇게 남보다 나은 삶을 만들어내면 과연 행복할까? 어딘가 온전히 내 것으로 느껴지지 않잖아.

아침에 눈을 떴을 때 느껴지는 폭신폭신하고 나른한 기분, 마침 한 컵 남은 오렌지 주스와 함께하는 상큼한 아침 식사… 일일이 기록할 만큼 대단한 것들이 아니더라도, 나만의 행복은 사실 곳곳에 숨어 있어. 솔직 히 대단한 연출이 없더라도 행복함을 느낄 수 있는 순간들은 매일 있었 을 거야. 진짜 행복이 뭔지 잘 생각해봐!

대단한 것들이 아니더라도,

나만의 행복은 사실 곳곳에 숨어 있어.

진짜 행복이 뭔지 잘 생각해봐!

숨겨둔 동심
꺼내보기

가끔씩은 그때 그 시절의 꿈과 즐거움을 꺼내봤으면 해. 동심 가득한 이야기들이 넘쳤으면 해. 순수하고 천진난만해서 작은 일로도 웃음이 가득했던 그때의 우리들과, 서투르게 나누었던 저마다의 꿈들, 다정하고 따뜻했던 기억들….

다시 돌아오지 못할 옛 기억이 아니라 꺼내지 못한 용기의 문제야. 우리 마음속에는 늘 동심이 있고, 그 마음은 소소한 즐거움을 쫓고 있어. 종종 우리의 동심을 꺼내어 나누자. 늘 어른으로만 살면 재미없잖아!

181

행복해지는
주문

나는 내가 좋아.

나는 나를 사랑해.

…행복해졌어!

이 터널을
지나면

새까만 어둠 속에서 빛이 더 밝게 보이듯

깊고 긴 어둠을 지난 만큼 더 크고 밝은 길이 펼쳐질 거야.

괜찮아
괜찮아

괜찮다는 말이 흔하긴 해도,

진심을 담으면 그보다 훌륭한 위로는 없을 거야.

당신, 괜찮다… 괜찮다….

인생은 행복한 날과 그렇지 않은 날들의 합창이야.

세상을 바꾼 건
누군가의 일탈

우리가 지금 누리는 많은 편리는 새로운 것을 시도하고 도전한 많은 사람들의 무모한 발걸음 덕분이야. 안일하고 편안한 일상보다 멋진 도약을 위한 배움과, 시작을 무서워하지 않는 첫걸음.

평소와 다른 나의 어떤 하루가 훗날 많은 것을 바꿀지도 몰라.

내 곁에
있는 사람

좋아하는 사람만 만나기도 바쁜 세상이야. 나와 맞지 않는 사람을 억지로 만나거나 관심사가 다른 사람들에게 맞추기 위해 에너지를 쓰지 마. 지나고 보면 좋은 사람은 어차피 곁에 남고 마음을 나눈 사람이 결국 나를 지켜줄 거야.

지금 묵묵히 내 곁에 머물러 있는 사람들과 더 많은 추억을 쌓아봐. 많은 사람들에게 사랑받으려고 애쓰다 나를 진정으로 사랑해주는 사람을 놓치지 않았으면 좋겠어.

오늘 내 곁에 있는 사람에게 표현해봐.

고맙다고, 사랑한다고.

작은 성공으로
빛나는 하루

사는 거 별거 없어. 모두에게와 똑같이 주어진 너의 하루를, 작은 성공들로 빛나게 채워봐.

원하는 시간에 일어나고, 아침밥 맛있게 먹고, 커피 한잔의 여유를 즐겨보는 거야.

어때? 생각보다 뿌듯하지 않겠어? 너는 어떤 성공들로 하루를 채워볼래? 난 이미 보여. 너의 빛나는 하루가!

긍정의 말들로
채우기

우리의 대화에 긍정의 말이 많이 담기면 좋겠어.

행복해, 좋아, 기뻐, 만족해, 즐거워….

다양한 긍정의 말들이 우리 인생을 행복에 더 가까이

데려다줄 테니까.

"잘될 거야, 행복할 거야"라고 자주 말해줘.

분명히 그렇게 될 거니까.

"잘될 거야, 행복할 거야"라고 자주 말해줘.

분명히 그렇게 될 거니까.

매일
행복할 수는 없지

인생은 행복한 날과 그렇지 않은 날들의 합창이야. 그런 덕분에 행복한 하루가 더 가치 있을 수 있다는 거, 알고 있지?

매일매일 행복하다면 그 행복에 어느새 익숙해져 또 다른 자극을 찾고 싶어질 거야.

조화롭게 어우러지는 합창 같은 인생을 즐겼으면 좋겠어. 아름답고 행복한 소리가 울려퍼질 때, 우리 인생은 더 빛날 테니까.

그냥
사랑해

사랑에 '왜'라는 질문이 가능할까?

아무 이유 없이, 아무 조건 없이

너를 사랑해.

그냥 사랑해.

이렇게 말할 수 있는 사이가 되면 좋겠어.

우리처럼.

작은 것에
감사하기

어차피 인생은 우리가 생각한 대로 흘러가지 않아.

많은 것을 원해도 다 가질 수 없지.

소박한 기쁨이 큰 행복을 만들고,

작은 성취가 삶의 큰 원동력이 되기도 해.

멀리 있는 행복을 바라느라 눈앞의 행복을 놓치지 마.

행복은 언제나 작고 소박한 것에서 시작된다는 걸 잊으면 안 돼.

성장통

어릴 때 키가 크면서 무릎과 팔이 아픈 것처럼,

성장하기 위해서는 성장통이 어김없이 따라와.

우리는 수많은 성장통을 겪어내며 지금까지 온 거야.

아프고 힘들 때 '내가 성장하고 있구나' 하고 생각하며 긍정적인 기운을 스스로에게 심어준다면, 우리는 조금 더 성숙하고 멋진 인생길을 나아갈 수 있을 거야.

하루하루를 알차고 부지런하게 사는 것, 그것이 인생을

행복하게 사는 또 하나의 해답일 수도 있어.

조급해하지
말기

세상은 우리가 모르는 사이에 아주 천천히 변화하고 있다는 거, 알지?

아이가 조금씩 자라는 것처럼, 노인이 한 살 한 살 나이를 먹어가며 머리칼이 하얘지는 것처럼, 하루아침에 인생이 무너지거나 바뀌지는 않아.

조금씩 느긋하게 변해가는 세상에서 나만 조급해한다고 바뀌는 건 아무것도 없어. 하루하루를 알차고 부지런하게 사는 것, 그것이 인생을 행복하게 사는 또 하나의 해답일 수도 있어.

사랑한다고
말할 타이밍

누군가를 그리워하고 생각만 하다가 사랑을 놓치는 사람이
되지 않았으면 좋겠어.

진정한 사랑을 눈치채지 못하고 다른 사랑을 찾는 사람이
되지 않았으면 좋겠어.

지금 내 옆에 있는 사랑에게 사랑한다 말하지 않아서 그를
놓치는 사람이 되지 않았으면 좋겠어.

어떤 사랑이든 적절한 시기는 없어.

사랑을 말하기 가장 좋은 타이밍은 '지금'이야.

어서, 말을 해.

사랑한다고.

너무 사랑한다고.

떠나가기 전에, 슬퍼지기 전에

사랑한다고 꼭 말해줘.

안녕

'안녕'이라는 인사 속에 담긴 따뜻함을

언제부터인가 잊고 사는 것 같아.

누군가 나를 알아봐주고 인사를 건네는 기쁨을 알고 있다면,

오늘은 내가 먼저 인사를 건네보면 어때?

안녕, 고마운 사람.

안녕, 소중한 사람.

안녕, 내가 사랑하는 사람!

어떤 사랑이든 적절한 시기는 없어.

사랑을 말하기 가장 좋은 타이밍은 '지금'이야.

매일매일 달라지는
몰랑몰랑한 마음의 조각들

짧은 글귀와 자극적인 모양으로 찰나에 지나가버리는 소통에
어느새 익숙해진 우리지만,
종종 더 깊은 공감의 마음을 긴 시간 나누고 싶은 때가 있지요.

하지만 너무 내 얘기만 하거나 조금이라도 우울한 기분을 드러내면
관계는 쉽게 툭 끊어져버리고,
결국에 밝고 재미있는 가면으로만 가볍게 얽혀 있는
얕은 관계와 그 숫자에 집착하게 돼요.

무심코 해내고 있는 매일의 순간들에 맴돌았던 말과 생각을 모아서
손끝의 동작 몇 번에 흘러가버리는 차가운 화면이 아니라
조금 수고로워도 더 따뜻하고 정감 있는 종이 위에서
평소보다 조금 더 길게 나누어보고 싶었습니다.

수년간 쌓아온 몰랑이의 이런저런 모습들과

그만큼 함께 쌓여 입에 맴돌던 말들이 모여서

감사하게도 한 권의 책이 되었어요.

첫 장부터 마지막 장까지 이어지는 짧은 시간 동안

단단히 굳어진 완성형이 아니라

매일매일 달라지는 몰랑몰랑한 마음들을

함께 공감할 수 있는 따뜻한 책이 되면 좋겠습니다.

서툰 조각들을 문단으로 묶고 다듬어주신 북로망스 분들과

몰랑이를 늘 보듬어주시는 우리 말랑이 여러분들,

그리고 이 책으로 몰랑이를 처음 만나신 분들까지

몰랑이의 어떤 순간에 소중한 인연으로 함께해주셔서 감사합니다.

윤혜지 작가 올림

"안녕!"

나는 오늘의 내가 좋아
긍정토끼 몰랑이의 몰랑몰랑 마음일기

ⓒ 윤혜지, 2022

초판 1쇄 인쇄 2022년 12월 5일
초판 1쇄 발행 2022년 12월 12일

그림 윤혜지
글 윤혜지, 북로망스 편집팀
기획편집 이현주
디자인 강미선
콘텐츠 그룹 한나비 이현주 김지연 전연교 박영현 장수연 이진표

펴낸이 전승환
펴낸곳 북로망스
신고번호 제2019-00045호
이메일 book_romance@naver.com

ISBN 979-11-91891-12-6 03810